EL BAR

Pupi en el País de las Hadas

María Menéndez-Ponte

Ilustraciones de Javier Andrada

www.
literatura**sm**
.com

Primera edición: mayo de 2014
Segunda edición: junio de 2014

Dirección editorial: Elsa Aguiar
Coordinación editorial: Gabriel Brandariz
Ilustraciones de Javier Andrada

© del texto: María Menéndez-Ponte, 2014
© de las ilustraciones: Javier Andrada, 2014
© Ediciones SM, 2014
 Impresores, 2
 Urbanización Prado del Espino
 28660 Boadilla del Monte (Madrid)
 www.grupo-sm.com

ATENCIÓN AL CLIENTE
Tel.: 902 121 323
Fax: 902 241 222
e-mail: clientes@grupo-sm.com

ISBN: 978-84-675-7161-5
Depósito legal: M-12896-2014
Impreso en la UE / *Printed in EU*

Cualquier forma de reproducción, distribución,
comunicación pública o transformación de esta obra
solo puede ser realizada con la autorización de sus titulares,
salvo excepción prevista por la ley. Diríjase a CEDRO
(Centro Español de Derechos Reprográficos, www.cedro.org)
si necesita fotocopiar o escanear algún fragmento de esta obra.

*A Martita Mayordomo Casares,
que me inspiró al hada Martita,
y al resto de hadas de Bastiagueiro:
su hermana María,
Kira González Casares,
Cristina Arambula Casares
y Paloma Zuleta Casares.*

Pupi ha ido a casa de Rosy a pasar la tarde.
Ella lo recibe vestida de hada.
Pupi la contempla boquiabierto.
¡Parece un hada de verdad!
Tiene una malla de color rosa
con una fresa bordada en lentejuelas,
y una falda corta confeccionada
con varias capas de tul
de color rosa pastel y fresa.

También las medias y las zapatillas son de color rosa palo, al igual que la corona de flores que lleva en el pelo.

Pero lo que le da más aspecto de hada son dos alas hechas de un tejido sumamente delicado y la varita dorada que lleva en la mano.

—¡Estás *requeteguapilinda*, Rosy!
Te pareces al hada Merengada –dice Pupi.
—Gracias, Pupi. También mi mamá
ha hecho para ti un disfraz de duende.

Pupi, emocionado, se prueba el disfraz
de color verde con el gorro a juego.

—¡*Jocomola*! Soy igualito que Peter Bread!
–exclama orgulloso.

Rosy se muere de la risa.

–Es Peter Pan, Pupi, no Peter Bread.

–Pero si Peter es *ninglés*, pan tendrá que ser *bread* –le replica él, con toda la lógica del mundo.

Y se va corriendo adonde está cosiendo la mamá de Rosy, a darle un pupiabrazo.

El cuarto de costura se ilumina
como si acabara de entrar el sol
a darles las buenas tardes.

–Muchas gracias, *mimamá*.
Es un disfraz *superestupenfástico* –le dice.

Pupi llama de ese modo
a todas las mamás de sus amigos.
No entiende que si ellos las llaman así,
él tenga que llamarlas por otro nombre.

Luego se va con Rosy a su cuarto
para jugar a hadas y duendes.

–¡Ojalá tuviera polvillo dorado de hada
para poder volar! –suspira ella.

Le encanta el mundo de las hadas,
y sueña todas las noches con ellas.
Tiene libros, cromos, muñecas, cartas...

Pupi se queda un momento pensativo
y sale de nuevo disparado hacia la cocina.
Se ha acordado de que Conchi guarda
en un pequeño frasco polvillo dorado,
y está seguro de que la mamá de Rosy
también tendrá uno.

Después de abrir unos cuantos armarios, da por fin con el de las especias. Efectivamente, ahí encuentra el mismo frasco que tiene Conchi. Satisfecho de su hallazgo, vuelve, raudo y veloz, al cuarto de Rosy y comienza a espolvorearla con el polvillo.

–¡*Pulpillo* mágico! ¡*Pulpillo* de oro! –grita con su habitual entusiasmo, y a continuación se pone a cantar–: Volarás, volarás, volarás...

Pero Rosy, en vez de volar, se pone a toser.
–¡Jopeta, me he *desconfundido*!
¡Es *pulpillo* tosedor! –exclama Pupi,
asustado por el resultado.
  A Rosy le da la risa
y le sobreviene un nuevo golpe de tos.
Pupi se asoma al pasillo para pedir auxilio:
  –¡*Coscorro, coscorro*!
Rosy está *entosada*,
¿quién la *desentoserá*?
El *desentosedor* que la *desentose*,
buen *desentosedor* será.

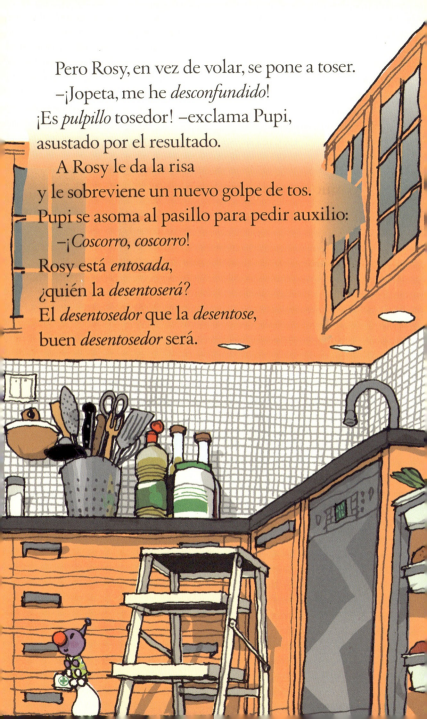

La mamá de Rosy acude presurosa
a ver qué ocurre.

–¡Pero, Pupi, cómo no va a toser,
si le has echado pimentón por encima!
–exclama al ver el frasco.

–*Pedón, pedón.* Creía que era *pulpillo* volador.
Como es de color oro...

La mamá de Rosy le sacude a su hija
el pimentón, que cae al suelo.

–¡Uf, cómo ha quedado el parqué!
–exclama.

—No te *puercupes*, *mimamá*,
que traigo la máquina *zampulladora*
y *zampullo* el *pulpillo* en un *santo amén*.

Pupi vuelve a salir disparado
antes de que a la mamá de Rosy
le dé tiempo a decir nada.

A los pocos segundos
vuelve arrastrando el aspirador.

—Seguro que sabes manejarlo?
—le pregunta ella.

—*Segurisísimo*. Siempre ayudo a Conchi
a *zampullar* el *pulpillo*. Lo voy a dejar
como los *churros del loro*.

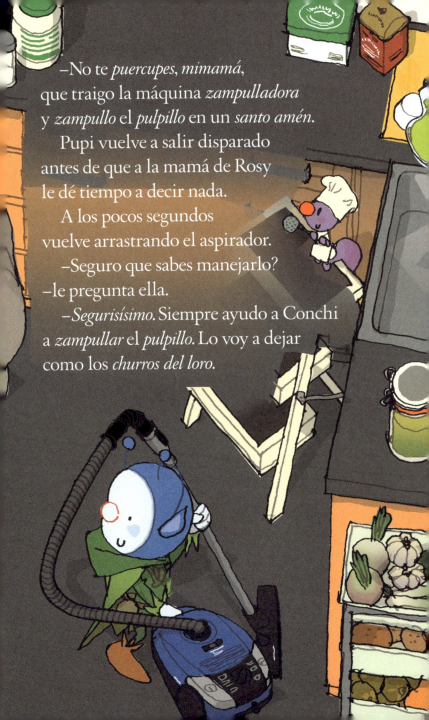

La mamá, muerta de risa, vuelve a su costura, mientras Pupi pasa el aspirador enérgicamente. Pero, en cuanto para el motor, su botón se vuelve de color morado y sus antenas se quedan muy tiesas, a punto de ponerse a girar.

—¡*Coscorro, coscorro*! He *zampullado* al hada Merengada. Está aquí dentro —exclama aterrado.

Rosy pega el oído al aspirador
y oye un lejano campanilleo.
Pero enseguida tranquiliza a Pupi
asegurándole que pueden sacar la bolsa,
que ella se lo ha visto hacer a su mamá.
Entre los dos descubren el botón
para abrir la máquina y, con sumo cuidado,
van sacando todo el contenido de la misma
y esparciéndolo por el suelo.

–¡Jopeta! ¡Cuánta *cochiporquería*! –exclama Pupi.

Por fin, envuelta en pelusas grises de polvo, aparece el hada Merengada temblando. La pobre ha pasado mucho miedo. Pupi está muy apurado.

–*Pedón*, *pedón*, hada Merengada. Ha sido un accidente muy accidentado.

–¡Ay, qué susto me he llevado, Pupi!
Pensé que era el monstruo
que está haciendo desaparecer
a las hadas –les dice, mientras Rosy
la despoja de las pelusas
con minuciosa dedicación.
 –¿Hay un *postre chupón* en vuestro país?
–le pregunta Pupi.

–En realidad no lo hemos visto,
pero ya han desaparecido el hada Primavera,
el hada de las Nieves, el hada de las Flores,
el hada Lily, el hada Dulcina
y las hadas de los colores: Azulada, Rosada...
¡Estamos en blanco y negro!

–¡Vaya *espantorricatástrofe*!
¡Hay que *desecretostarlas*! –exclama Pupi–.
Vamos a buscar mi nave.

—No, Pupi.
Queremos que vengáis de incógnito,
para que paséis inadvertidos.
Así, como estáis, parecéis un hada y un duende.

—¿Y cómo vamos a llegar hasta allí?
—le pregunta Rosy.

—Volando —le responde el hada.

—Es que no tenemos *pulpillo* volador,
solo hay tosedor —le dice Pupi.

—Con mi polvillo y mi magia,
podréis volar —les asegura ella.

El hada Merengada agita sus alas mientras pronuncia unas palabras mágicas:

—Shabadaló birlibirló bulabalakó. Salarov, salarov.

Una lluvia de oro cae sobre Pupi y Rosy, que al instante se ponen a girar como peonzas, pero sin levantarse ni un palmo del suelo.

–¡Ay, me he confundido!
Ya me lo dicen las otras hadas:
«¡Mira el hada Merengada, qué despistada!
En lugar de hacer buñuelos hace pañuelos!».
Tirorirorirorí, tirorirorirorá,
¡ay, esto no me sale, qué barbaridad!
–canta.

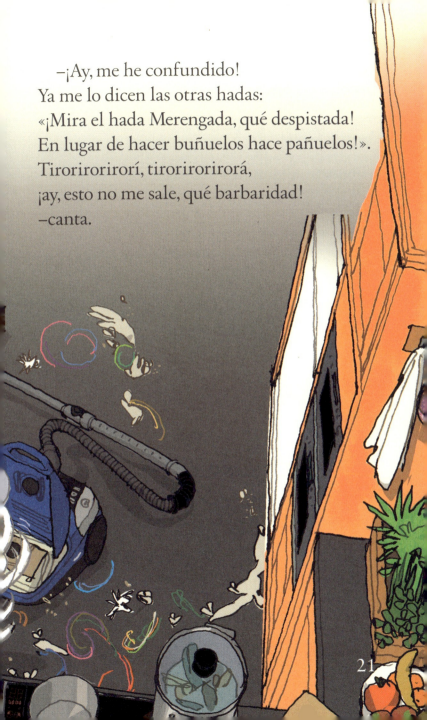

–No te *puercupes* –le dice Pupi,
aunque empieza a estar un poco mareado
de dar tantas vueltas–.
Yo también *desconfundo* las palabras.

–Solo tienes que concentrarte bien
–le aconseja Rosy.

El hada Merengada lo vuelve a intentar
siguiendo su consejo.

–Shabadaló birlibirló bulabalakó.
Saralov, saralov.

Esta vez pronuncia las palabras exactas,
y el hechizo funciona.
Pupi y Rosy empiezan a hacerse
cada vez más pequeños
y a elevarse bajo la lluvia de oro
que cae sobre ellos hasta alcanzar la ventana.
Ya en el exterior, los tres salen volando,
envueltos en un torbellino
de polvillo dorado.

—¡Qué guay, puedo volaaaaaar!
—grita Rosy, entusiasmada.
—¡Este *pulpillo* mágico me hace *rosquillas*
en mi *bombóooooon*! Ja, ja, ja, ja —ríe Pupi.
Pero cuando llegan al País de las Hadas
y comprueban la magnitud de la catástrofe,
pierden la alegría que tenían.
El panorama es desolador.
¡Hasta el rincón más pequeño
ha perdido la magia!
El botón de Pupi se ha puesto tan gris
como aquel lugar.

Los recibe el hada Martita.

–Han desaparecido todas las hadas. Solo quedo yo –les informa, muy afligida.

Rosy y Pupi se quedan prendados de sus enormes ojos azules, que, a pesar de la pena, desprenden comprensión y bondad a chorros, y de sus simpáticos rizos dorados con sonido de campanillas. A su lado es difícil sentirse mal, incluso en medio de aquella hecatombe.

Ella es la encargada
de enseñarles los efectos devastadores
causados por la ausencia de las hadas.
Los conduce en primer lugar
a las Colinas de las Nieves.
Allí unos diminutos seres blancos,
tiernos y frágiles, se apelotonan angustiados.

–¡Ay, qué lindos son! Pero ¿qué les pasa?
–se preocupa Rosy.
–Son los níveos. Sin la nieve, morirán.
Permanecen juntos para darse algo de frío.
Los copos de nieve son su sustento,
su vida, su alegría... Juegan con ellos,
les sirven de luz, de estrellas, de flores...

　–Podemos traer un *friorífico*
y meterlos dentro para que no se *moran*,
hasta que encontremos al hada de las Nieves
–sugiere Pupi.
　–Pero, Pupi, aquí no hay enchufes
–le replica Rosy.
　Pupi se queda pensativo,
tratando de buscar una solución provisional.
Pero... ¡ojalá fuera ese el único problema!

De ahí van al Campo de las Flores, ahora convertido en un secarral de flores muertas y descoloridas. Sin el hada que les da vida y las cuida, otros diminutos seres, los silvestrinos, yacen exánimes en el suelo.

Rosy coge uno de ellos con delicadeza
y exclama, presa de la desesperación:
—¡Tenemos que hacer algo!
¡Son tan lindos!
—Yo puedo darles amor y comprensión,
pero no revivir a las flores,
que los alimentan con su savia
—comenta con tristeza el hada Martita.

—Esto lo puede *solsucionar* Aloe.
La voy a llamar en un *periquito*
para que venga —dice Pupi.

Aloe no tarda en llegar en su pedaldós.
El Ecoplanet está cerca del País de las Hadas.
Tan cerca que, una vez, el hada Merengada
llegó hasta allí en un despiste.
Por eso, Pupi y Rosy ya la conocían.

—Mira, Aloe, todas las flores se han *morido*
porque han *secretostado* a su hada
—le informa Pupi con pesar.

–¡Una y dos! Con mi flauta las reviviré yo –canturrea.

Aloe hace sonar su instrumento
con tanto mimo y delicadeza
que la melodía que sale de la flauta
revive de inmediato a las flores.
En un instante, el campo se ha poblado
de margaritas, campanillas, petunias,
caléndulas, rosas, malvas, lavanda, lirios,
jazmines, gardenias...

Alegres al verse vivas de nuevo,
las flores abren sus pétalos
y desprenden maravillosos aromas.
El campo se inunda de un perfume delicioso.
Impulsados por su olor, los silvestrinos
se aferran a los tallos de las flores
para chupar su savia.

–¡*Oh-tiza*! Los *silvinos* se están *apelotando*
–exclama Pupi, maravillado.

Tanto él como Rosy están sorprendidos
de ver cómo esos seres medio moribundos
se han transformado en unas pelotillas verdes
que revolotean por encima de las flores.

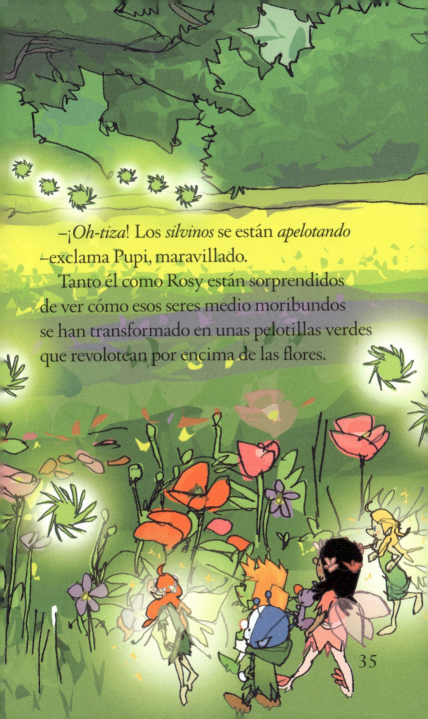

El siguiente rincón
es el del hada Dulcina.
Parece una vieja tahona abandonada,
con los dulces a medio cocer.
Todos ellos han perdido el color y la tersura:
las gominolas, los soldaditos de jengibre,
los canutillos de crema, las pastas navideñas...
 Aloe, impotente, les comenta
que no puede hacer nada por ellos.

—¡Pero si tú eres una gran *dulcinera*! —protesta Pupi—. Haces las mejores *gorrinolas* del mundo mundial mundialísimo.

—Pero los míos son solo dulces, Pupi, no seres vivos. Yo no puedo revivirlos.

Los tres amigos
sienten una gran impotencia.
Y lo malo es que no acaba ahí la cosa.
El hada Martita los lleva al bosque,
donde los duendes, trasgos, elfos y gnomos
no paran de pelearse a mamporrazos,
muy malhumorados. Parecen diablillos.
Nada más ver a Pupi, han ido a por él.

–¡Eh, nada de *buñuelazos* en mi *bombón*!
–dice él, enfadado.

Su botón se ha puesto muy rojo,
y desprende tanto calor que paraliza
a esos pequeños seres.

–Esta no es manera de *compuertarse*
–los regaña.

–Siento su recibimiento, Pupi.
Pero desde que falta el hada Lily,
que es la de la delicadeza, no tienen modales
–se disculpa el hada Martita.

Aloe consigue calmarlos
haciéndolos bailar al son de su flauta.
Pero en cuanto deja de tocar,
vuelven a las andadas.
—Déjalos, Aloe —le ordena Pupi—.
Tenemos que ir *pirradísimo*
al laboratorio del Ecoplanet
para salvar a los níveos.
Hay que traer el *neverizador* que robó Coque
el día que fuimos a *restacarte*.
Ese no hay que *chufarlo* para que haga frío.

Aloe se monta en su pedaldós
y Pupi se sube encima de sus hombros.
En menos de lo que tarda una flecha
desde que sale del arco hasta que se clava
en la diana, los dos llegan al Ecoplanet.

El problema ahora es convencer
al verderolo que está a cargo del laboratorio
para que les deje llevarse el aparato.

Los verderolos
son muy celosos de sus cosas,
y están dispuestos a defenderlas
con uñas y dientes.
Y como no tienen sentimientos,
tampoco se pueden compadecer
de la desgracia de las hadas.
Además, desde que Coque
se apropió del artilugio,
siempre hay alguno de guardia,
nunca dejan solo el laboratorio.

Escondidos tras una planta,
Pupi y Aloe lo observan por si se despista,
pero él no baja la guardia.
A Pupi se le ocurre entonces
una de sus grandes ideas.

—¿Aloe, por qué no tocas música *dormidera*?

Ella no lo ha hecho nunca,
pero va a intentarlo.
De su flauta salen unas notas cadenciosas,
suaves, armoniosas, susurrantes, arrulladoras...
A Pupi se le cuelan por las antenas
y tiene la impresión de estar meciéndose
en un columpio que lo lleva alto, muy alto,
hasta un sueño encantador...

–¡Pupi, despierta! ¡Una y dos!
–lo sacude su amiga verderola–.
Tenemos que aprovechar
que se ha dormido Perejil
para coger el invento congelador.

Pero Pupi está tan a gusto en su sueño
que cuesta espabilarlo. Así que,
para cuando encuentran el artilugio,
Perejil ya se ha despertado.
Pupi se precipita sobre él
y le da un inmenso pupiabrazo.
Su botón parece una puesta de sol
sobre el mar de las Antillas.
Para cuando lo suelta,
el verderolo está tan feliz
que hasta les permite que se lleven
el congelador instantáneo.

Sin embargo, ese pequeño éxito
queda ensombrecido por la terrible noticia
que les da el hada Martita
al volver al País de las Hadas.

—¡El hada Merengada
también ha desaparecido!
Se la ha llevado un duende
que no pertenece a este bosque.
Es un duende verde que tiene el pelo
del color de las zanahorias,
y una nariz muy larga,
y un sombrero de copa alta,
y una cruz amarilla en el pecho,
y un ojo amarillo y otro naranja.

–¡Es el mago Pinchón!
–exclama Pupi, indignado.
    –Me quiso meter en la jaula
–dice el hada Martita–,
pero, cada vez que se acercaba a mí,
se ponía a gritar como loco:
«Stupidinsecti. Non posso acercarme.
Non posso sentire esa sensazione.
É piu forte per me».

–Ya sé lo que le pasa: no resiste tu mirada porque es *dulciamorosita*, y a él le gusta todo lo horrible. ¡Pobres hadas! ¡Me va a oír ese *malvabribonuja*!

–¿Qué vas a hacer, Pupi?

–Me voy con Aloe al *plataneta* Tierra para coger mi nave e irnos a Pestilón a *desecretostar* a las hadas y darle su merecido al mago Pinchón. Toma el *neverizador*. Solo tienes que soplar y *neverizarás* a los níveos. Así no se morirán.

Siempre que Pupi va al planeta del mago Pinchón, su botón se vuelve de color gris. Es un planeta tan triste, tan oscuro, tan mugriento, tan poco acogedor...

—Aloe, tú quédate dentro de la nave. Este *plataneta* está tan *cochipuerco* que te va a salir la *lejía*.

La primera vez que Aloe
aterrizó en la Tierra, su piel se cubrió
de unas enormes verrugas de color verde
porque le daba alergia la polución.
Y cada vez que va allí,
tiene que untarse un gel de aloe
para protegerse de ella,
como una especie de autovacuna.
Pero en Pestilón el nivel de contaminación
es tan alto que Pupi teme que ni siquiera el gel
pueda protegerla.

Una vez que sale de la nave,
Pupi se ve envuelto por una neblina
gris y espesa que le impide ver nada.
Es tan viscosa y grasienta
que incluso tiene que empujarla
para apartarla de su camino.
Va a tientas, no sabe hacia dónde
dirigir sus pasos hasta que escucha
la desagradable voz de Pinchón:

–¡Stupidinsecti! ¡Dove está il polvere d'oro!
Non vai arruinare il mío plan. ¡Qué rabbia!
¡Quiero ser ricco! ¡Esto é il timo delle stampiti!
¡Malandrini! ¡Estafadori!

Pupi se queda espantado
al ver que el malvado mago tiene cogida
a una de las hadas por las piernas
y la agita violentamente. No sabe que,
cuando las hadas están muy asustadas,
se quedan sin polvillo mágico.

−¡Mago Pinchón,
suelta al hada de las Nieves!
−le ordena Pupi, muy enfadado.

Su botón está al rojo vivo.
Las hadas, al oírlo, revolotean nerviosas
en la jaula en que se encuentran hacinadas.

–¡Il albondiguino blu! ¡Il metomentutti! –chilla él.

–¡Te digo que la sueltes, mago Pinchón!

–¡Y un jamone! ¡Quiero il polvere d'oro! ¿Per qué no sale polvere del ali?

Pupi está tan furioso que sus antenas empiezan a girar a velocidad de vértigo. El huracán que provoca arranca los barrotes de la jaula, y las hadas salen arrastradas.

—¡*Escondrijaos* en mi nave! —les grita Pupi. El mago Pinchón se balancea a un lado y a otro como una cometa en un día de vendaval, pero sigue sin soltar al hada de las Nieves. Pupi trata de pensar en una estrategia para recuperarla.

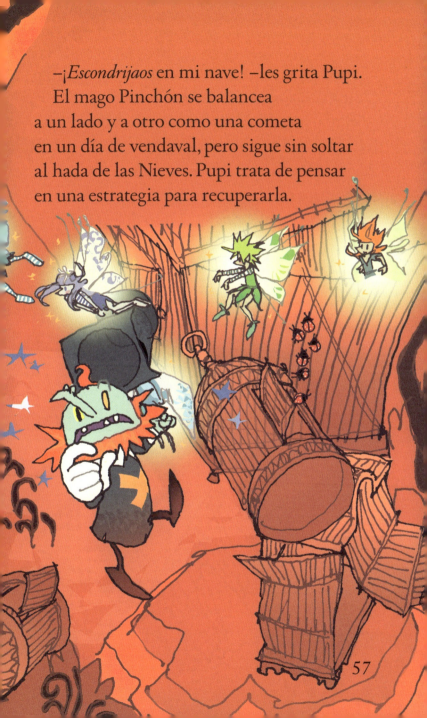

Al calmarse,
automáticamente cesa el huracán,
y el malvado Pinchón aterriza de cabeza
en el suelo. Del porrazo que se da,
suelta al hada, que sale espantada
a reunirse con las demás.

–¡Ay, qué chichone! ¡Cuánto dolore!
–se queja amargamente.

Pupi aprovecha su momento de debilidad
y le manda a Aloe un mensaje telepático:
«Necesito una *entrepadora guisantísima*».

En menos de lo que canta un gallo,
la verderola ha fabricado
una larguísima enredadera,
que va reptando hasta Pinchón
y lo envuelve como una bobina de hilo.
Entre Pupi y Aloe lo meten en la nave
y se lo llevan al País de las Hadas.

¡Qué alegría se lleva Martita al verlos!
De sus ojos salen caricias azul zafiro,
y besos azul cielo, y mimos de color turquesa...
 –¡Socorri, auxili! ¡Stop!
¡Non posso con questi tormenti!
¡Aaaaagggh! –chilla el mago, desesperado.
 –¿Qué pasa, mago Pinchón?
¿Por qué te *horroripila* tanto la bondad?
–le pregunta Pupi.
 –Perché me ricorda mía madre.
La mía infanzia. ¡Buaaaaa!
 –¿Y dónde está tu madre?
–se interesa Rosy.

–Non lo so. No lo sé.
La he perduto de piccolino.
Soy molto infelice. ¡Buaaaaa!
Quiero ritornare a Pestilón.

El hada Martita se acerca a él
y, por espacio de unos segundos,
a Pinchón se le ilumina la cara.

–¡La mía mamma! ¡L'amaba tanto!

Con un golpe de su varita, el hada Martita
libera a Pinchón de la enredadera.
Pero en cuanto este se ve libre,
se convierte en un cuervo
y se marcha volando a su planeta.

–¡Pobre mago Pinchón,
qué *desfeliz* es! –exclama Pupi.

–Lo ha pasado muy mal
y tiene miedo de que vuelvan a hacerle daño
–comenta el hada Martita,
que ha comprendido su problema.

–¿Qué habrá sido de sus papás?
–se pregunta Rosy.

Pero las hadas,
con su vertiginosa actividad,
los apartan de sus reflexiones.
Pupi, Aloe y Rosy contemplan los copos
que caen sobre las Colinas de las Nieves.
Son estrellas de brillantitos, todas diferentes.
Al rozar el campo hacen sonidos armoniosos
que componen una bellísima sonatina.

También los maravilla el trabajo
que ha hecho el hada Dulcina.
Ahora los soldaditos de jengibre desfilan,
las pastas navideñas juegan al corro,
las piruletas hacen remolinos en el aire,
los bastones de caramelo hacen acrobacias...
 –¡Qué lindo es todo esto!
¡Me quedaría a vivir aquí! –exclama Rosy.
 –Pero nos tenemos que ir, Rosy
–le dice Pupi–. Vendremos otro día.

Cuando llegan a la casa,
se encuentran a la mamá de Rosy
muy enfadada.

—¡Ayayay, ñaño! ¡Cómo me la han liado!
—les dice señalando el contenido de la bolsa
del aspirador esparcido por el suelo.

—*Pedón, pedón, mimamá.*
Es que tuvimos que sacar al hada Merengada
porque la *zampullé* con el *pulpillo*.
Pero no te *puercupes*, que ahora dejo esto
como los *churros del loro*.

–Sí, mami, y nos llevó con ella al País de las Hadas. ¡No sabes qué lindo es todo aquello!

Pero, por más cosas que le cuentan, la mamá de Rosy cree que todo ha sido fruto de su imaginación.

Pupi piensa que los terrícolas son un poco *desconfianzados*.

¡Anda que no me habría gustado encontrarme con un hada o un duende!... Casi todos los días me iba a la cama pensando que mientras durmiera vendrían unos duendecillos, como en el cuento del zapatero, o un hada buena y piadosa como la de Cenicienta, y me harían los deberes o me recogerían la habitación. Y así, gracias a la magia, me levantaría yo por la mañana feliz y contento con las tareas hechas, y mi madre no habría notado nada de nada.

Pero eso no ocurrió nunca. Mas bien parecía que la pelea de gnomos, duendes y trasgos que se encuentra Pupi en el bosque de las hadas hubiera tenido lugar, en realidad, en mi cuarto. O que el mismísimo mago Pinchón se hubiera pasado toda la noche en él haciendo de las suyas y, disfrazado de profe, hubiera multiplicado hasta el infinito los deberes del cole, porque es que no se acababan nunca... Pufffff.

JAVIER ANDRADA

Javier Andrada vive en Barcelona y trabaja como ilustrador para varias editoriales de prestigio. Sus ilustraciones aparecen tanto en novelas como en libros de texto, cuentos, pictogramas y clásicos adaptados. Ha desarrollado proyectos para publicidad y para teatro infantil diseñando escenografías; también imparte talleres de ilustración para niños y pinta.

Cuando era pequeña, tenía la cabeza poblada de hadas, duendes, gnomos y elfos con los que vivía grandes aventuras. Para ello, tenía que acondicionar mi cuarto; si no, todos esos seres se negaban a salir de mi cabeza. Necesitaban montañas mágicas, bosques encantados, ríos de oro y plata, grutas de piedras preciosas... Así que ponía los colchones por el suelo, cubría los muebles con sábanas, descolgaba las cortinas, cogía los collares y pulseras de mi madre... Nadie entendía que las hadas necesitaban esos escenarios mágicos. Querían que jugara con mis juguetes. (¿Alguien ha visto a un hada jugando con juguetes?). Lo malo es que de mi cabeza también salían ogros y brujas. ¡Uf, qué mal lo pasaba por las noches! Sobre todo, cuando sentía su aliento pegado a mi oído o cuando escuchaba sus pasos y sus murmullos. Metía la cabeza bajo la almohada y me quedaba sin respirar para que no me encontraran.

MARÍA MENÉNDEZ-PONTE

María Menéndez-Ponte nació en A Coruña. Ha escrito más de trescientos textos, entre cuentos y novelas, para niños y jóvenes. En 2007 recibió el Cervantes Chico, uno de los premios más prestigiosos de literatura infantil y juvenil.

¿QUIERES LEER MÁS?

SI TE HAS DIVERTIDO CON ESTA NUEVA AVENTURA DE PUPI, NO TE PUEDES PERDER EL RESTO DE TÍTULOS DE LA SERIE.

- Pupi y la aventura de los cowboys
- Pupi y los fantasmas
- Pupi y el club de los dinosaurios
- Pupi y el cabeza hueca
- El cumpleaños de Pupi
- Pupi y el monstruo de la Vergüenza
- Pupi quiere ser futbolista
- Pupi va al hospital
- Pupi en la playa
- Pupi y los verderolos
- Pupi y las brujas de Halloween
- Pupi y Lila juegan al escondite
- Pupi y el misterio de Nefertiti
- Pupi y las extrañas huellas de betún
- Pupi en las carreras
- Pupi y los piratas
- Pupi y la rebelión en la granja
- Pupi y el secreto del dragón esmeralda

SERIE PUPI
María Menéndez-Ponte
EL BARCO DE VAPOR, SERIE BLANCA